詩集

トカゲ

阿賀猥

土曜美術社出版販売

ト　カ　ゲ

阿賀猥

MOKUJI　　トカゲ

カバー画／戸沢英士

雨が降るとき
私はふとトカゲのことを考えてしまう
トカゲが夜の雨の中に溶けていくのを思う
雨が降るとき
夜、雨が降る時

I 化粧

私がひどい失恋で痛めつけられている事、もう立ち上がれないほどに、落ち込んでいる事は、誰もが知っていました。けれど、これが誰にとっても笑いの種になっているのを、気づいたのはよほど後になってからでした。もう、こうなってはしようがありません。私もまた皆と同じように私を笑って、そうして生きていこうと思いました。そうすることで、自分が立ち直れるかもしれない……。実際にはそうするしか仕方がないところに追い込まれていただけのことでしたが。

私には、どういう生き方もなくなっていたからです。ただ皆の生き方を、影のようになぞる、そういう仕方で、この世に割り込む、皆に割り込むことができる、と思おうとしていただけのことです。けれど、それもまた、簡単な事ではなかったのです。「くっせえ、豚だよ、死ね！」Kの言葉を聞くまでもないことでした。皆が、誰も彼もが、木や空や風までもが、私をそう罵倒して、うるさいくらいでした。

化粧

私は朝、お化粧をした
昼もお化粧をした
夜になっても終えることができないで……
——あなたも？
——朝も昼も夜まで？
私たちは毎日毎日、お化粧をする
塗って塗って自分がすっかり見えなくなるまで

疑惑の顔
私の顔
私のでもあなたのでもない顔
顔がなくなるまで
顔がつぶれるまで
お化粧をする
不安のような、不幸のような、死のような、
私たちのお化粧

私は朝、お化粧をした
昼も
夜までお化粧をした
今もまだお化粧をし続けている

黒い町

黒い星々が空から転げ落ち、
見知らぬ人々が、黒い笑いを浮かべる町で、
私は黒いあなたに出会う
あなたもまた町の他の人々と同じように黒く笑い
いっそう声を高く、黒く黒く笑い……
私を凍りつかせ、
私を石のようなものに変える
人の形をした石のようなものに

歩く

陽が落ち、闇が私の部屋のすべてをおおった時、
その時、私は海の下を歩いた
息をしない私は、どこをでも歩く
神のように、愚かな飢えた神のように

息

私は息をする場所を探している
あの植木鉢の底に？
あの青いポットの中に？
私は私自身を隠す場所を探している

私はどこかで息をしなければならない
燃え尽きたとしたら、その灰の中で、
死にたえてしまったら、その屍の中で、
それなりに息をしなければならない

猫の尾のようにゆらゆら揺れるクラリネットを聞いて眠る
夢の中でゆるやかに息をしている
夢の形で、
少し笑いながら

時が流れ
私は息をする場所を探し続ける

Ⅱ　トカゲ

生きていくのは簡単な事ではない。ぼんやり風の吹くまま……なんて顔した奴に限ってあの手この手の策謀を巡らせているものだ。ぼんやり、どころかだ。すばやく、あちらの隅こちらの隅に逃げ、生き延びている。

生き延びたら儲けもの、今度は相手を倒そうと、戦闘準備だ。油断も隙もあったものではない。戦争のようなもの？　そうかもしれない。

戦争に負けて、落ち込んでメソついている奴も中にはいる。そいつはただの怠け者だと思う。傲慢の自惚れ屋と思う。たいがいの者はそう見ている。皆、落ち込んでメソついてる暇なんか、そんなところで甘えてなんかいられないからだ。

メソついている奴を見るといじめたくなる。とことんいじめて追いつめる。奴らは自分のことを可哀想と哀れんでるが、ただの怠け者なんだ。卑怯ものなんだ。「可哀そう」で、そいつの卑劣と劣等とナマクラを帳消しにはできない。万事、帳消しにしてやろうという魂胆が丸見えだ。何も見えないと思っているんじゃないか？　とんでもない話だ。

連中は朝の8時に……

「連中は朝の8時に来る
ハエタタキをもって俺を打ち殺しに来る
この前は朝飯を食っている時に来た」
ハエタタキではお父さんは殺せないよ。

「ところがね、その時刻には俺は、黒トカゲになっているんだよ。大きくて立派なヒゲのあるたいしたヤツなんだけどね。だからハエタタキが一番なんだよ。
この前、母さんが窓から見たらね、みんなでハエタタキを持って戸口に一列に並んでいたというんだ」

（お父さんは、ずっと県の統制委員長をなさってましたからね。お父さんに処罰されて追い出された悪者の霊たちがお父さんを怨んで上京してきたと、お父さんは思い込んでるの。お父さんがアルツハイマーになってから、悪霊たちはすっかり元気を取り戻してしまったらしくてねぇ…）

父も母も、トカゲの顔になって喋っている

そうなると私も当然のこと、トカゲになっているのではないか？

不安になり、とりあえず、ハエタタキを近くのゴミ置場に捨てに行く

（けれど、そんなことではどうなるものでもないのはわかってはいたのだ）

亀の町、トカゲの町*

——私は実をいうとトカゲの町よりは亀の町で暮らしたいと思ってるの。

だけど亀の町ではね…

彼女はそれから亀の町の広場で祭日ごとに行なわれる死刑について、精しく長々と話してくれた。

亀の町ではね。皆がお化粧をするの、
お化粧をしない人はね、仮面をつけさせられて、死刑になるの。
眉毛一本描き忘れても死刑、お世辞一個言い忘れても死刑、それで結局みーんな死刑。

トカゲの町では、ごく普通に暮らしていればいいの。
たいていのことでは死刑にならないし、
ただトカゲ色のカーテンをたらせばいいの。
でもどうしてもどうしてもトカゲ色のカーテンだけはたらせない、という人が
いるのよね、
不思議なことに、それがきまってアナタなのよね。
だからね、
どちらかというと、亀の町で暮らしたいのよね。

＊『ラッキー・ミーハー』（思潮社　一九九三年）

トカゲ模様のカーテン

彼は黄色いトカゲ模様のカーテンをくるくるに巻き付けて寝る
私はカーテンの上から彼を抱く
ゴワゴワした彼

――いつかは、それを脱いで寝ようね

なぜ？　と彼は聞く

――焼き鳥のようにして僕を食べるの？
と彼が泣く

ブツブツのある鳥の皮のようなムキミなのだろうか？
それとも衣服の中は何もなかったりして？

まっすぐな髪は肩まで……

まっすぐな髪は肩まで垂らした女性で目が大きい。どこかで以前にあったことがあるのではないか、と思っているうちに彼女の話の方は皆目、分からなくなってしまった。彼女はおかまいなしに喋り、私も分からないままに断定的な口調で返事をしたりしていた。よくは分からない事情で彼女は私の計画には賛成していなかった。

「お分りでしょう、あなたの大脳はコレコレシカジカです。で私はアレコレシカジカです」とか言ってたのかな？

こんな話に彼女がうんざりしていないことがあるだろうか、ともかく私はうんざりした。大脳？　そんなものも見たくも知りたくもない。だがはっきりそうも言えないので、とりあえずは彼女を制止するために、グジャグジャとした事をダラダラ喋り始め、わけも判らないまま、彼女を唖然とさせたままともかく、大急ぎで彼女と別れた。

ちなみに私の髪は、くるくるに複雑にカールして、オレンジに染めている。

トカゲ

町でトカゲに会う
その時は気にもとめなかった
そのことを不思議にも思わなかった
（逃げることはできない、と思っていた。ここを逃げたとしても、「ここ」は
私のどこにでもついて来る、と思っていた。）
深夜、戸口に立つと、誰もいない広い通りをトカゲが歩いているのが見えた
大きなトカゲだった
トカゲは二本足で立って歩いていた
それを不思議とは思わずに、私は戸口から、そのトカゲの通り過ぎるのを見て
いた

通りで、Ｋが見えた
遠くからはＫに見えた

だからまず声をかけて走って行ってKの肩に手をかけた
だがKではなくてトカゲだった
そのトカゲはまるで気づかぬふりをしていた
そんなはずはないのに、面倒だったのだろう

どこに行ってもトカゲに会う
どの物陰にもトカゲがいる
物陰では小さな声で何事かをコソコソ喋っている
どのトカゲも私より数倍も聡明であるのがわかった
彼らがそれを私に誇示したのではない
顔つきとか動作から、自然に感知されたのだ
私はうわついていて、落ち着きがなく、目はいつもキョトキョトとしてあらぬ
方をせわしげに見ていたが、トカゲ達はそういうことはなかった
ほんの小さな子供トカゲだってそうだ、
私の数倍は賢い。
どこにいっても聡明なトカゲがいた

トカゲのファミリィに出くわしたが、ガキのトカゲまで私を見ないふりをした
私のような馬鹿は見る価値もないのだ
4丁目交差点から、銀座は7丁目まで歩いたが、
それでも出会うのはトカゲばかりだ

夕刻、家の戸口で声がした
「お前は、明日の朝、悲嘆のあまり胸から血を吹き出して死ぬ」
老いているのか枯れたような灰色で細身のトカゲがいて、何遍か同じことを繰り返した

翌日の朝になっても、私はそのまま生きていて、町に出かけた
そしてまたトカゲに会った
老いた細身のトカゲも見かけた

無慈悲

人は沈鬱でありながら官能的でなければならない。

だがそれだけでは駄目だ。人は無慈悲でなければならない。大抵のものが信じられないほどに無慈悲なら。

どういうことか？

その男だけがあるいはその女だけが無慈悲でないとしたら？

それはもうどうしようもない欠陥になるだろう。

私は？

私は、いつも無慈悲になりたいと思っている。

無慈悲にならなければならないといつも考えている。

いつもそれをそればかり志している。そうでなければ、そうでなければ……

無慈悲でなければ？

その場合は、この男Kのように鈍感でなければならない。その男Kのように、鉄面皮で。

Ⅲ

K

どこでだったか覚えていない。誰かが僕の方を見て叫んだのは覚えている。それから僕の肩に手をかけて何か言ったのも覚えている。僕の名前？　Kって言ってたの？　本当？　多分、名前を呼んでいたのかもしれないね。誰？　誰だったの？　その時は誰とも思い出せなかった。B子？　彼女だったの？　分かんなかった。男とも女とも、分かんなかった。忘れていたわけじゃなくて……。分からなかったんだ、ホント。

B子が、僕のベビーを生んで育てている事は知ってるよ。B子だったんだって？　僕のこと賢いって彼女言ってるの？

僕は賢くはない。賢いどころか。自分の名さえ忘れてたんじゃないか！　子供？　会ったことはない。会いたいと思ったことないよ。どうして子供？　僕だって子供なのに。とても不思議だ。どこかに子供の僕のまた子供がいて息をしているなんて！　本当に不思議だ。ちょっと気味が悪い。でもそれはB子のことだ。彼女が好きにすればいいと思う。僕には関係ないんじゃないかな？

クローサー

日常は泥流のようにうねり、継ぎ目がない。泥流の中でどういう風に息しているかわかるかい？　教えてやろう、しっかり教えてやろう、君だけに。実はね、息をしていないんだよ。わかった？　ウーフフフフフフフ、

ヘア

スキンヘッドすれすれまで剃り上げて上のほうに少しだけ残す。最近は殆ど全員がコレ、だ。これで男だけで群れて歩く。これがいま東京にいるアメリカ十代後半の最新ファション、だ。巻毛をたらして女の子と歩くなんて奴は最近はいない。全然いない。皆毛なし。数人で風を切って歩くと、尋常でないつむじ風が巻き起こり、そこらじゅうの誰彼をヒンヤリさせていく。何か安全ではない不穏な何かをまき散らす……それがスリルだし、それが快適だし、それで幾分ハイにもなれる。

歩行

皆、正気で歩いている、と信じている。そんなことがあるはずがない。皆、幻覚の中を歩いている。その幻覚が、狭く単純な形、おしきせの決まり切った形をしているものだから、安定しているように見える。もし本当に冷静で、広範囲の視野を持っていたら。おしきせ以外のもの、決められた以外のものを見る視力を持っているとしたら？

一歩だって歩けやしないね。

浮く

本当はね、誰一人歩いてなんかいない。皆、浮いている、
浮いているんだ
浮く？
浮いているんだ、いつもね、
そうして浮いているんだ、いつもね、
それで？
なぜ僕に聞くの？

そのときどうして黙っていたの？
ねえ、どうして？

僕はどういう事だって言いやしないよ。
僕はね、どういうことだって言いたくないんだ。

——どうして？
どうして？　だかわかんないよ。僕はね、眠っているんだ、いつもだよ。
ただ、眠っているんだ。そうして……
——そうして？
それから僕は……
僕は浮いてるんだ、水の中でね
僕は浮いてて、目は半開きにして
それで半分は眠っているんだ

僕はね、何もいいやしない
いつだってなんだって信じやしないし
いつもね、浮いているんだ
目は半分つぶって
口は半開きにして

見たくない

目をつぶって決して開けないでいる。たまにちょっと開けるけれどすぐに閉じて、ずっとそのまま。何も見たくないんだ、だから閉じてるんだ。どうなろうと知らないね。何も見たくないんだ。

たまに思い出して食べる。決まった時間ではなく、誰か食べてる時に思い出して、一緒に食べたり、または貰ったり。

雪が降った。雪ダルマを作って遊んだ。

僕の歌

いつも苦しいんだ、苦しい思いをかみ締めているんだよ。なぜ苦しいのかわからないんだ。けど苦しいんだ。身体中を虫が食い荒らしているように思うよ。

いつもそうだよ。

いつもいつも奇声を発しているよ。それが僕の歌なんだ。

いつもいつも悲鳴。悲鳴上げていない時はね、その時は死んでいるんだ。

それだけ。

クジラ

僕ね、彼女の夢を見たことがあるんだ。大きなお腹で、結局お腹が大き過ぎて、行き倒れになっている夢。

全体の図体が大きくなっていると言っただろう?

それもスゴイ大きさ。スゴイ大きな行き倒れなんだ。高円寺の駅前、そこに寝てるんだ。

クジラが陸に打ち上げられてるって感じでね、それが暑さで腐っていくんだ。

クジラに沢山の切傷があって、そこからジワジワと膿が出ていて、恐かった……


みんな、見てるだけで何もしなかったよ。

僕もただ見て通り過ぎたんだ。

夢で、だけどね。

Ⅳ

愛

回復には半年かかった。ふたたび歩けるとは思いもしなかった。けど今日は、外を歩くことができた。日差しが、刃物のように私を刺し、全身にたくさんの切傷を作った。来月には仕事に復帰できる、と医者は言うが信じられない。仕事？

私のようなものに仕事があったなんて！

入院中に見舞い客があり、Kのその後を聞いた。Kのことは忘れていた。息子を生み出した男なのに、ひどい昔の事のように思った。その昔、Kはとれたての魚のようだった。ピチピチして…。Kの友達という女の子のことも聞いた。

9月　I

この暗闇に誰かが、あるいは何かが潜んでいるように思う
強力で怒りに満ちた何かが
誰？
名をなのったらどう？

9月、暑い9月

９月　Ⅱ

彼は高い鼻を持ち、鋭く尖り、美しい氷の塊のようだった。

私が帰ろうとすると、彼は、

「手紙を下さい、ぜひ手紙を下さい」

と言った。

頭上で月がパチパチ音を立てている９月
凍るような寂しい９月

アイスピック

私は彼の小説に登場して暴れまわる。
彼の小説の中で、私は鋭く角のとがった氷の塊のようなものになっている。
私は時にアイスピックをかざして現れ、そして何も理由もないのに人を刺したりする。

愛

愛は突然襲ってくる。
深夜、思いもしない方角から飛来、人を打ち倒す。
愛を忘れたものを、愛を恐怖して逃げ惑う者をさえ、尽く打ち倒す。
それは固く冷たく、そして突然炸裂する。
だからよほど遠くへと逃げなければならない。
けれどいつか、スキをついてそれは襲ってくる。

もう愛のことを忘れてしまったのに、
愛のことごとくを忘れて平穏にまどろんでいるのに、
けれどいつかは愛に倒される時がくる。
打ち倒された者を見ようとして、無数の目が、待っている。
油断するな、スキを見せるな、こう言いたい。
けれどどうしても倒れる時があるのだ。

アリ

体中を血が蟻のように這う。

蟻たちは出たがっていました。どうにかして出たいと思っていたのです。その声を私は無視することができませんでした。蟻のために私は私の肌を開けてやろうと思ったのです。死にたいとか、そういうことを思ったのではありません。ただ蟻のためです。蟻のために私は私をヤッたのです。

霧

私の中の血が蟻のように私を這い、
私の意識を混濁させていく、私を溶かして行く
いつか溶けて泥流になり、霧のようなものになり、その形で、地を這い始める
ああ、その泥流があなたを巻き込むことができたら
ああ、その霧があなたを覆うことができたら

雨の晩

これまで何遍も死んだことがあるような気がしていた。雨の降る晩、そのことを克明に思い出した。

私はベッドにいる、何人かの人がいて、窓も閉ざされているのに、その重くたれたカーテンの向こうに、雨が降っているのを見ている。見えているのだ。そのままでカーテンの外を見ているのだ。

見えているのだ。

雨樋から雨が溢れて、道の石畳へと、勢い良く流れ出すのを、
窓にはりついた雨粒の一つ一つをも私は見る事ができた。

滝のように雨は落ち…

滝のように雨は落ち、窓を這い、窓ガラスを嘗めた
だが当時はそれらが何を意図しているかは分からなかった。私はまだ死の周辺にあったが、私自身は平安で満ちていた。雨は私の内部には入らず、あたかも他人事のように、遠景のように、私の遥か向こうにあった
私は雨に脅かされることはなかった
そして何か意味があるのだろうか。黄色いチューリップ、花瓶にさした3本のチューリップの姿が目に浮かんだ
雨に打たれていた。だが雨のために無残になるわけでもなくただごく淡々として雨に立つ黄色い花弁、そしてその長い茎……

干す

毎日汚れ物を洗う
洗い過ぎる、と言われる
だが洗う
擦り切れても洗う
毎日洗う

それから断崖に干す
毎日断崖へ上り、
断崖の上に張り巡らしたビニールの紐に干しものをつるす
つるしている時、下に落ちそうになることが何度かある
下に落ちれば、大怪我をすること、大怪我をしてもう上れなくなる、もう干せなくなる、
だが、断崖に干す
毎日ほす

彼女はしつこく足の裏を洗う
洗いすぎて、足の模様が消えるまで洗う
足の模様が消えたときは、自分が消えた時だ
この時、浄化されるのだと彼女は信じている

浄化されたくない私は、足は洗わず、専ら衣装を洗う
衣装が擦り切れて、布目がとけて、もう衣装でなくなっているのが、わかるが、
それでも洗う
そしてそれを断崖につるす
下からその衣装が見える時もあるが、見えない時もある

私が断崖から転げ落ちるのを、期待して、眺めるものもいる。
その男もそうだ
その男は、断崖の下の草原に寝転んでいて、それを期待して時々、断崖を見上げている

草原を何万頭もの牛が、群れて通り過ぎる
牛達は全てを踏み潰してすすむ
寝転んでいるその男をも踏み潰して行くが、それでもその男にはどうしても踏み潰されない部分があって、そこだけで目を醒まし、私が崖から落ちるのを待っている

V　ブッシュ

K君のこと、B子さんの話は、ブッシュから聞きました。ブッシュはKと同級だというだけですが、B子さんがクジラに似ているのかどうかを見たくて、入院中の病院をたずねたのだそうです。クジラからでてきたK君の息子には、会えなかったようですが、B子さんは、どこかクジラに似ていたということでした。

ブッシュは、アメリカンスクールの女の子で、私のペンフレンドです。会おうと思えばすぐに会えるのでしょうが、まだ会ったことはありません。

最後の詩、「Mr．ギャオ」は、クジラでもトカゲでもなくて鰐。鰐の子を生んだL夫人のことを扱ったものです。今回のK君やB子の話とは無縁なものですが、でも見ようによっては、案外、つながっているかもしれませんね。

トランプのような人生でした。

（順調な時もあったのですが、それがアッと思う間にひっくりかえって無一文。ジョーカーを抜いておくべきだったと悔やんだり）

4匹のトカゲの発言だが異議はないか？
彼らの人生について、
彼らはかつて人であったわけで、
前世を思い起こしてこう言っているのだ。
前世を思い起こせる能力を持った生物としてトカゲを思わなければならないのだよ、君！
おお、4匹のトカゲたちの4枚の夜
その夜が次々と掘り起こした壮大な彼らの前世、
起伏に富み、血沸き肉踊る……

芥

私は貴女のその指先から消えてしまう。その指のさし示す、その先、その先からふいっと、
ほら
もう私はそこにはいない

あなたはいつもそのリズムの中にいた
その中をゆっくり流れていた
そのリズムの母のようなものとしてのあなた
けれど私はただの木の葉
あなたのそのリズムの川の外側を浮いて流れる芥のようなもの

ほら、どろり

Ｍｒ．ギャオ

真昼、用もなくてバス停留所にいると夜が細かなチリのようなものになって
降ってくる
夜があっちからもこっちからも降ってくる

――奥さん、失礼ですが、今、昼ですか？　夜ですか？

ワニ皮のハンドバッグを持った女と
アスコットタイの男、
突然男が傘を振り回しはじめる
ひるひるひるひるひるひるひるひるよるよるよるよるよるひるひるひる
昼の中に夜が８匹

よるよるよるよるよるよるよるよるよるよるよるよるよるよるよるよるよるよる……
昼の中に夜が88匹
よるよるよるよるよるよるよるよるよるよるよるよるよるよるよるよる……
今に夜が昼を覆ってしまう
一万匹の夜
今にこうなる

アスコットタイの男が、ワニ皮の女を傘で打ちはじめる
細くしなやかなイギリスの傘

おお、ギャオ君、
おかしな夢を見てはいけない
美しいL夫人がワニだなんて
L夫人はワニの卵を産んだことはあるが、断じてワニではない
ワニではない何か。ワニより恐ろしい、ワニでさえ立ち向かえないほどに恐ろしい何か……。

8匹のワニが大通りのアスファルト一杯に広がって、こっちへ来る
L夫人の夫が打ち揃って、来る………

ニンマリニンマリ笑いながら

決してこないバス
ギャオ氏の昼は、夜になってしまった
1匹の昼さえいない夜
夜の中に閉じこめられたまま腐って行くギャオ氏のバス
決して来ないギャオ氏のバス

そして恐ろしい鰐の夫たち

蟹のような顔をした小男

――すべては壊れる。幸福と幸運との漲る中で全ては瓦解する。

長い手紙の末尾をこう締めくくる。全体の内容とは無関係だが、末尾はなぜか、これ。例えば中目黒のチーズケーキはおいしいよ、とかなんとか道筋まで書いて、その最後に。

「要らぬセリフだ、邪魔なだけ」と、言うだろう。見ないかもしれない。だが私はそれを書きつける必要があった。

蟹のような顔をした小男が通りから、こちらを見ている、誰だろう、何しにこんなところを歩いているのだろう…

ブッシュ　1

私はかつてブッシュに書いたことがある

——たとえ来世、トカゲになるとしても、そこでもお友達でいましょうね。

熱く熱く愛し合う、たった二人のお友達でいましょうね

しつこくしつこく、ブッシュに迫ったことがある。

ブッシュ　2

私の名前はブッシュ。でもこれはニックネーム。髪の毛がからまって藪《ヤブ》みたいだからよ。

ペンフレンドが7人もいて、時々わからなくなるの。

アナタのことも今思い出しているところ。

眼鏡をかけているのよね。

眼鏡をかけた日本の男の子？

女の子だったかしら？

どちらにしても愛してるわ。

I love you, so much. sincerely yours.

あとがき

トカゲはすばしこい。

やっ、トカゲ？　と思ったとたんにどこかに消えている。危機到来、尻尾だけを自分でちょいと切って、逃げたり……ものすごい才能だ。


人間はこうは行かない。どたばた走るには走るが、すぐにへたばって無様な姿をそこらにさらけ出してしまう。

こともあろうに生粋のトカゲ男K君に惚れ込んだあげくに逃げられてしまったB子さんだが、トカゲの魅力はわかっているはずだ。

私たちは愛情やら友情やら、様々な「情」のオブラートに包まれて生きている。だが、それだけでは生きてはいけない。オブラートが邪魔して肝心なものを隠してしまったりしてはいないか？

みんなが大好きな優しさとかもそう。私たちが根っこに持っている非情と冷酷とを、隠すベールとしての「優しさ」だったりはしないか？

危険なこずるい性根のひん曲がったベール!!

そんなものを、潔く取っ払ってしまったK君だからこそ、B子さんは、惚れ込んだのだろう。


「優しさ」ではまず、物事は解決できない。そういうよけいなオブラートをばっちり外して走らなければならない時が多い。

最近はどこを向いても人情なしのトカゲ人間ばかりと嘆く人も多いが、どうだろうか？

小さくてチョコチョコして決して大物にはなれないけれど、さっぱりして正直なトカゲ人間の世界は案外いいんじゃないか？

二〇二〇年九月

阿賀　猥

著者略歴
阿賀　猥（あが・わい）

詩集
『揺るがぬヘソ曲がりの心』　2001年8月
『ラッキーミーハー』　1993年8月
『ヤクザみたいに綺麗ね』　2015年4月

エッセイ
『豚＝0　博徒の論理』　2018年10月
『ドラゴンin the sea』上下巻　2011年8月
『民主主義の穴』　2018年1月

詩集　トカゲ

発行　初版　2020年10月15日
発行　第2刷　2020年12月25日

著者　阿賀　猥
装丁　直井和夫
装画　戸沢英土
発行者　高木祐子
発行所　土曜美術社出版販売
〒162-0813　東京都新宿区東五軒町3-10
電話　03-5229-0730
FAX　03-5229-0732
振替　00160-9-756909
印刷・製本　モリモト印刷
ISBN978-4-8120-2587-1　C0092